AF586000

LE SERIEVX ET LE GROTESQVE.

BALLET DANCE' PAR LE ROY au mois de Feurier 1627.

VERS DVDIT BALLET, Par le sieur BORDIER, ayant charge de la Poësie pres de sa Majesté.

De l'Imprimerie du Louure.

M. DC. XXVII.

LECTEVR, Tu ſeras aduerty, qu'outre les Vers ſuiuans faits par commandement du Roy, quelques beaux Eſprits ne perdront l'occaſion d'en mettre au jour, afin que la diuerſité du ſtile te puiſſe apporter dauantage de contentement en vne matiere de ſoy tres-agreable.

VERS DV BALLET DV SERIEVX ET DV GROTESQVE.

Pour le Serieux.

RECIT.

E fils aiſné de la Prudence
N'eſt point ſerieux comme moy;
Mes diſcours ont force de loy,
Peu de mots ſont mon éloquence:
Et fay porter à ma froideur
Vn viſage d'Ambaſſadeur.

Eſlongné des choſes friuoles
I'ay mes deſſeins ſous le cachet
Ie peſe dans vn trebuchet
L'importance de mes paroles:
Et ne vay point ſans le compas
Dont je meſure tous mes pas.

Autant qu'vn jardin de plaiſance
I'ayme vn diſcours ſemé de fleurs:
Mais à peine voy-je ſans pleurs
Ces eſpines de médiſance,
Par qui les exploits les plus beaux
Ne ſont parez que de lambeaux.

Mon cœur prompt à l'obeïſſance
Reuere le Troſne des Roys,
Et la Majeſté de leurs Loix
Me fait trembler ſous leur puiſſance:
I'obſerue ce que j'ay promis,
Et la vertu fait mes amis.

Mon eſprit plus fort qu'vne roche
Sçait mille ſcrupules bannir,
Mon jugement voit l'auenir
Auec des lunettes d'approche,
Et fait que mes admirateurs
Sont les plus graues Senateurs.

Pour

Pour les Hallebardiers du Serieux, & les Bourgeoiſes de Paris qui diſputent pour la place.

LES HALLEBARDIERS.

IEunes Dames, bien que vos yeux
Bleſſent les Hommes & les Dieux,
Ne prenez rang qu'apres les Gardes:
C'eſt vne maxime de Cour,
Que la poincte des Hallebardes
Ne cede point aux traits d'Amour.

Reſponce des Bourgeoiſes.

LA rudeſſe de vos eſprits
N'aura de nous que le meſpris
De vos inſolences bauardes,
Qui vous font dignes du treſpas,
Quand vous donnez aux Hallebardes
L'orgueil que les Sceptres n'ont pas.

Pour le Serieux ſuiuy de ſes joüeurs de Luth.

POur dépoüiller mon front de ſa ſeuerité
Amour tout Dieu qu'il eſt, eſt mõ vallet de chãbre,
Qui lors que je vay voir vne Diuinité
Au deuant de mes pas ſeme le muſc & l'ambre;
Ie preſſe Phyllis de m'aymer,
Mon Luth s'efforce de charmer
Cette merueille des merueilles:
Mais par vn excés de rigueur,
Au lieu d'en poſſeder le cœur
Ie tiens le Loup par les oreilles.

POVR LE GROTESQVE.

RECIT.

IL n'eſt point icy bas d'orgueil ny de fortune
Dont ie baiſe les mains ;
Ie ſuis comme la Mer , j'obeïs à la Lune ,
Et non point aux humains.

Les Loix ne me ſont rien que toilles d'araignée,
I'ayme à faire rumeur ;
Et tout franc que ie ſuis la Dame bien peignée
Offence mon humeur.

Ie ſuis tout hors de moy quand ie voy la parure
D'vn jeune Damoizeau ,
Qui va plus ajuſté qu'vn homme de bordure
Fait auec le cizeau.

Ie n'eſpere pourtant qu'vne fameuſe Hiſtoire
M'oblige deſormais ,
Et donne à ma valeur le char de la victoire
Où ie ne fus jamais.

L'ambition promet des faueurs trop petites
Pour troubler mon ſommeil ,
Et n'eſt char aſſés beau pour porter mes merites
Que le char du Soleil.

Entrée des Bouteilles coiffées, qui se transforment en femmes, & des Colonnels Suisses, qui les fuyant alors, sont attirez par des gobelets qu'elles ont en main.

LES BOVTEILLES.

CE qui de nous paroist au jour
N'est pour les Suisses qu'vne amorce,
Au lieu de vin sous nostre escorce
Nous cachons les tresors d'amour.
Que si ces voilles mis à bas
L'esclat de nos diuins appas
Pour les arrester est friuole;
Afin d'adoucir leur fierté
Nous sçaurons joindre la gondole
Aux charmes de nostre beauté.

POVR MONSIEVR le Mareſchal de Baſſompierre, repreſentant le Colonnel general des Suiſſes.

LOrs qu'amour me faiſoit mourir
Bacchus m'eſt venu ſecourir,
Et rendre à jamais redeuable :
Et toutesfois ce petit Dieu
Dans mon cœur qu'il rend miſerable,
Pretend d'auoir le premier lieu.

Le plus beau traict de ſon carquois
Me vient bleſſer toutes les fois
Que Bacchus me donne audience ;
Et par des traits inopinez,
Amour, quand je perds patience
Me met ſon flambeau dans le nez.

Souuent la teſte & les pieds nus
Au pié des Autels de Venus
J'en fay ma plainte & ma priere,
Mais cet Enfant, comme je croy,
Pour ſe donner touſiours carriere
Se rït de ſa Mere & de moy.

Grands Dieux! ne ſoyez plus jaloux,
Faites la paix, accordez-vous,
Sans me tourmenter dauantage,
Mon cœur ſenſible à vos plaiſirs,
Afin d'en faire le partage
Vous abandonne mes deſirs.

Pour les autres Colonnels Suiſſes.

T*Antoſt vaincus, tantoſt vainqueurs*
Sous Bacchus nous donnons bataille,
La bouteille attire nos cœurs
Ainſi que l'ambre fait la paille;
Nous faiſons brinde nuict & iour
Sans craindre les aſſauts d'amour,
Dont nous ſçauons bien nous defendre,
Et Venus n'a rien que de laid
Si ſon hameçon pour nous prendre
N'a la forme d'vn gobelet.

Entrée des Electrices de Scandinauie, qui portent de grandes lunettes, des montres, miroüers, boëtes de rouge d'Espagne, & d'ecoiffées à la fin par quatre folles, font paroistre vne calotte verte sur leur teste.

Pour l'vne des Esflectrices, representée par Monsieur le Duc de Nemours.

LE rouge, dont i'ayme l'vsage,
Flattant mes yeux & mon visage,
Me rend les miroüers complaisans;
Mais quand ie regarde ma montre,
Toutes les heures i'y rencontre,
Fors celles de mes jeunes ans.

Pour l'autre Esflectrice representée par Monsieur le Comte de Carmail.

MOrtels, si ma teste est couuerte
D'vne belle calotte verte
Pour moy n'en prenez point d'ennuy,
Et n'en comptez point de sornettes,
Puis qu'auec ces grandes lunettes
Ie voy tous les deffaux d'autruy.

Entrée des Bouffons Serieux.

POVR MONSIEVR de Canaple, repreſentant l'vn des Bouffons Serieux.

PArmy le bien & le martyre
Mon eſprit ſe ſçait meſurer,
Quand mes yeux feignent de pleurer
Mon ame ſe creue de rire.
Dans nous les deſordres ſont tels,
Que la prudence des mortels
N'eſt que feinte ou melancolie;
La verue nous poſſede tous,
Et les plus ſages ſont les foux
Qui cachent le mieux leur follie.

Entrée des Bouffons Grotesques.

POVR MONSIEVR,
Frere vnique du Roy, representant l'vn des Bouffons Grotesques, qui en forme de petits Vieillards entrent dans des Roulloires d'enfants.

AVX DAMES.

VIeillard auant le temps, & Bouffon dauanture,
Ie dements auiourd'huy les dons de la nature,
Pour laisser dans vostre ame vn plaisant souuenir:
Ne méprisez-donc point mon âge & ma roülloire,
Vostre Amour me peut faire aysement rajeunir,
Lors ie triompheray dedans vn char de gloire.

Pour l'Astrologue Serieux.

IE lis au front du Ciel, que beaucoup de Planettes
Maintenant de trauers ont chaussé leurs lunettes,
Saturne est tout chagrin, Iupiter est perclus,
Le Soleil veille Mars tousiours prest d'entreprendre,
La Lune a l'œil content, mais Mercure & Venus
Auroient tous deux besoin d'vn licol pour se pendre.

Pour l'Astrologue Crotesque, representé par Monsieur le Commandeur de Souuray.

LEs Astres de naguere assemblez en Conseil
Pour donner à la Terre vn ordre non-pareil,
Ont fait vn reglement, dont la teneur est telle.
Le Ciel veut que le luxe & le jeu soient bannis
Les bons recompensez, & les meschans punis,
Mais la France aussi-tost leur a dit, j'en appelle.

Entrée des Braues de la Serenade.

POVR MONSIEVR le Duc de la Roche-guyon, representant l'vn des Braues de la Serenade.

IE suis le non-pareil, tout Rodomont me fuit
Comme vn tranche-montagne,
Et mesmes la valeur n'oze marcher de nuict
Si ie ne l'accompagne.

POVR MONSIEVR le Commandeur de Souuray, representant l'vn des Braues.

MEs exploits plus beaux que le jour,
Toute nuict escortent l'Amour
Pour le garantir des brauades,
Et pendant les treues de Mars,
A la montre des Serenades
I'accrois le nombre des Cezards.

Pour la Serenade des Serieux.

QVand Phyllis nous fait de la peine,
Sous le masque de la froideur
Nos feux surpassent toute ardeur,
Nos pleurs font déborder la Seine,
Et nos soupirs le plus souuent
Font tourner les moulins à vent.

Ainsi quand nos ames remplies
De trop de paßions d'amour,
Nous souffrent sages tout le jour
De nuict nous montrons nos follies,
Et réueillons nos ennemis
Lors qu'ils sont les plus endormis.

Pour

POVR LE ROY,

Repreſentant vn Muſicien de la Serenade.

AVX Serenades où ie ſuis,
Mars vient dépoüiller ſes ennuis,
La Terre y trouue ſon attente,
Le Ciel en admire les ſons,
Si quelque orgueil ne s'en contente,
I'ay la Muſique des Canons.

Pour les Taillecantons.

IL n'eſt ambition qui ſe puiſſe ſauuer,
En dépit des Deſtins tout l'Vniuers eſt noſtre,
Et les plus puiſſans Roys nous verront enléuer
L'Orient d'vne main, & l'Occident de l'autre.

Pour la Serenade des Grotesques, dont les Instrumens sont des vielles, trompes-marines, lanternes, grils, jambons & piés de pourceau.

Nos instrumens de melodie
Figurent bien la tragedie,
Qu'Amour fait joüer à nos cœurs
A la porte de leurs vainqueurs.
Quand nos plaintes sont hors d'haleine
Dans le recit de nostre peine,
Les vielles soûpirent pour nous
En la presence des hiboux.
Les grils, les jambons, les lanternes,
Vnis en des accords modernes,
Y font vn concert tout nouueau
Auecque des pieds de pourceau,
Pour amolir vn cœur de roche
Qui met les nostres à la broche.
Les gueux, impotens tout le iour,
Y capriollent tour à tour;
Les Frippiers au retour des nopces
Y font arrester leurs carosses;

Les Colporteurs craignans leur peau
Y trafiquent ſous le manteau;
Et là toute la valletaille
Accourt en differente taille:
Les couppe-bource & maquereaux,
Le bruit confus des tombereaux,
Et cheuaux de cachemarée,
Y font bien paſſer la ſoirée.
Les charlattans, les meneurs d'Ours,
Tous les chantres des carrefours,
Et les pages d'Apoticaires,
Ioignans leurs ardeurs mercenaires,
Par vn concert fait auec choix
De ſifflets, ſeringues & voix,
Pour trouuer nouuelle prattique
Font vn autre chœur de Muſique.
Mais le jour & le repentir
En fin nous forçant de partir,
Les chats & les chiens nous conſolent
Quand nos eſperances s'enuolent.

Entrée des Courtisans Serieux, qui ont dansé selon l'ordre cy-apres.

POVR MONSIEVR le Duc de Longueuille.

Bien seruir est ma passion,
Qui sera l'ame d'vne Histoire,
Le voille de discretion
Pare les beautez de ma gloire,
Et les Esprits plus serieux
M'offrent vn Screptre glorieux.

POVR MONSIEVR le Duc d'Elbeuf.

Mon cœur, fors en Amour, ne peut souffrir d'orgueil,
Ce qui trouble mes sens, ce sont les choses calmes,
Et ne puis ietter l'œil,
Si ce n'est sur des palmes.

POVR MONSIEVR le Comte de Carmail.

EN fin i'esgaleray la fortune d'vn Dieu,
Puis qu'on tient mõ esprit si remply de miracles,
Et que ma seule bouche aujourd'huy tient le lieu
De ce Temple de Delphe où logeoient les Oracles.

POVR MONSIEVR de Canaple.

PArmy les Gallands de la Cour
Ie suis serieux sans relâche,
Toûjours froid, hormis en amour,
Et lors que l'on me fâche.

Entrée des Courtisans Grotesques.

CErtes, il le faut auoüer,
Ce n'est rien moins que bagatelle,
Lors que la Lune fait joüer
Les ressorts de nostre ceruelle:
Elle est vne orloge sans poids,
Sa verue assujettit les Loix
Au vif-argent dont elle est plaine:
Mais Achille parmy les coups
N'eust esté si grand Capitaine
S'il n'eust esté fait comme nous.

Entrée des Dames Serieuſes.

POVR LE ROY,

Repreſentant l'vne des Dames Serieuſes.

SOus vn front ſerieux, digne de ma Grandeur,
Ie tiens comme en priſon l'excés de mon courage,
Qui luit plus viuement à trauers ma froideur,
Que ne fait le Soleil à trauers vn nuage.

POVR MONSIEVR le Duc de la Roche-guyon, auſſi repreſentant l'vne des Dames Serieuſes.

MEs faits ſont autant de merueilles,
Mon ame ſans fard & ſans bruit,
Eſt vn bel arbre qui produit
Beaucoup de fruict & peu de feilles.

Pour les Dames Grotesques.

NOus bâtissons toûjours sur le sable mouuant,
Nous n'allons en public que le nés dans le vent,
Et ne portons qu'habits peints de vert & de jaune,
Nous aymons du muscat l'agreable liqueur,
Et mesurons à l'aune
Ce qui nous touche au cœur.

Pour la grande Bouffonnerie des Courtisans & Dames Serieux & Grotesques.

NE te réjoüis point, ô France, & ne t'étonne
De l'accord du Grotesque auec le Serieux,
Puis qu'ils se sont vnis par vne paix bouffonne,
Le Fruict de ceste paix n'est que pour les rieux.

BALLET EN BALLET pour le Serieux.

Les Courriers du Serieux.

NOus sommes ces braues Courriers,
Qui n'apportons que des Lauriers
Au plus grand PRINCE de la terre:
Nos Tyrans ce sont de beaux yeux;
Ainsi tousious deux puissans Dieux,
Mars & l'Amour nous font la guerre.

POVR

POVR LES FALOTTIERS de Roüen.

RECIT.

AMis de Caresme-prenant,
Dont l'Empire est si permanent,
Nous luy rendons toûjours vn seruice agreable,
Et parmy l'amour & le jeu
Faisons grande chere & beau feu,
Vn Falot à la porte, & trois dés sur la table.

Mais cognoissans que le loyer
Ne se trouue point au foyer,
Bien-tost nous recherchons d'vne chaleur commune
La forest de six quatre trois,
Où portans la pile & la croix
Nous allons implorer l'autel de la Fortune.

Là ceux qui prestent le collet
Aux chances que liure GALLET,
Apres quelques faueurs souffrent mille disgraces,
Et ne rencontrent volontiers
Que l'hospital, dont les portiers
Ce sont les Digolis, les Taupes & les Maces.

POVR MONSIEVR,
Frere vnique du Roy, reprefentant l'vn des Falottiers de Roüen.

IE m'y plais, il faut l'auoüer,
S'il eft temps de rire & joüer,
I'en fay volontiers le voyage,
Les plus fins y gangneront peu;
Dés le berceau ie fçay le jeu,
Les Dieux ne font fujets à l'âge.

BALLET EN BALLET
pour le Grotefque.

Entrée des Courriers du Grotefque.

POVR MONSIEVR
le Comte d'Harcour, reprefentant l'vn des Courriers.

IE fuis le Courrier de la Gloire,
Qui plein d'amoureufe chaleur
Cherche le Temple de Memoire,
Par le chemin de la Valeur.

POVR LES GVESPINS d'Orleans.

RECIT.

PLus contens que tous les humains
De l'Ambaſſade qui nous meine,
Nous apportons les baiſe-mains,
Que le Loire fait à la Seine.

Parmy ſon amoureux tourment
Le traict de douleur qui l'entame,
C'eſt le déplaiſir qu'vn Amant
Reçoit eſlongné de ſa Dame.

La Seine eſt ſon vnique choix,
Et ce beau Fleuue renouuelle,
L'eſpoir qu'il auoit autrefois
De ſe pouuoir joindre auec elle.

Pour le corps de Musique qui precede le Grand Ballet, dont les paroles ont esté accommodées à l'air qui estoit fait.

QVe d'objets d'amour,
De nuict allument le jour
En cette Cour!
Que de feux ramenent au monde
Vn Astre déja de retour
Du sein de l'onde!

Ce ne sont qu'apas,
Que trop d'heur & le trespas
Suit pas à pas,
Mais les Dieux, de perdre la vie
Au milieu de si doux esbats,
Auroient l'enuie.

FIN.

BORDIER.

BIBLIOTHÈQUE ROYALE

www.ingramcontent.com/pod-product-compliance
Lightning Source LLC
LaVergne TN
LVHW052022160826
845678LV00003B/1164

* 9 7 8 2 3 2 9 6 4 4 3 3 2 *